AF356082

# CATALOGUE

D'ENVIRON

# 400 DESSINS ORIGINAUX

Ayant servi aux illustrations du journal l'*Art de la Mode*

COMPRENANT

## DES AQUARELLES ET DESSINS

PAR

BAUDOIN, A. BERTRAND, BIGOT,
M. BLUM, BOURGUIGNON, BRUN, COMBA, DELBOS,
N. GOENEUTTE, GUILMARD, JAVAL, JUNDT, KREUTZBERGER,
de LAMARRE, LAVAL, V. LECLAIRE, MATHEY,
M. MARTIN, ROSE MAURY, Louise MESNIL, MESPLÈS,
P. MOREL, Ed. MORIN, de NITTIS, PAILLÉ, Henri PILLE,
ROBERT, ROCHEGROSSE, SAINT-ELME, VILIN.

### UN TABLEAU PAR NORBERT GŒUNEUTTE

DONT LA VENTE AURA LIEU

## HOTEL DROUOT, SALLE N° 1

Les Vendredi 10 et Samedi 11 Novembre 1882
à 2 heures.

———

| M<sup>e</sup> E. BERTHELIN | M. GANDOUIN |
|---|---|
| COMMISSAIRE-PRISEUR | EXPERT DES DOMAINES |
| 29, rue Le Peletier | 42, rue Le Peletier |

*EXPOSITION PUBLIQUE CHAQUE JOUR AVANT LA VENTE*

## CONDITIONS DE LA VENTE

Elle sera faite au comptant.

Les acquéreurs payeront 5 pour 100 en sus des adjudications applicables aux frais.

---

L'exposition mettant les acquéreurs à même de se rendre compte de l'état et de la nature des objets, il ne sera admis aucune réclamation une fois l'adjudication prononcée.

# DÉSIGNATION

## BAUDOIN

1. — Toilette de ville.
2. — Toilette de chasse.

## BERTRAND

3. — Le Parc Monceau.
4. — La Toilette.
5. — L'Essai d'une toilette.
6. — Aux Folies-Bergère.
7. — Chez le pâtissier.
8. — Une Loge aux Bouffes.
9. — La Visite.
10. — L'Historiette.
11. — La Fête d'inauguration de l'Hôtel de Ville de Paris.

## BLUM (Maurice)



## BOURGUIGNON



## BRUN

54. — Souvenir des côtes normandes.
55. — Les Poissons rouges.
56. — Boulevard à Paris.

## COMBA

57. — La Plage de Boulogne.
58. — La Toilette. — Lettre capitale C.
59. — Pêche à la ligne.
60. — La Fleur préférée.
61. — Amazone.
62. — L'Hiver, la Passerelle.
     Deux dessins.
63. — Le Balcon.

## DELBOS

64. — Le Perroquet.

## GOEUNEUTTE (Norbert)

65. — Femme en robe de bal.
66. — Jeune Femme en toilette.
67. — Jeune Femme en toilette.
68. — Au Salon.
69. — La Missive.
70. — Lettre C, ornée et motif pour cul-de-lampe.
71. — Pas encore coiffée.
72. — Femme à sa toilette.

73. — Au Salon.

74. — Lettre S, ornée.

75. — Dans une salle d'attente.

76. — La Promenade au bois.
        Peinture à l'huile.


## GUILMARD

77. — La Plage de Honfleur.

78. — Environs de Dieppe.
        Inédit.

79. — Port de mer (Normandie).
        Inédit.

80. — La Pêche.
        Inédit.


## JAVAL.

81. — A l'Antichambre.


## JUNDT.

82. — L'Ange de Noël ; légende.

83. — Toilette printanière.

84. — En Pêche.

85. — La Partie de canot.

86. — Un Rêve d'artiste.

87. — L'Ange de minuit.

88. — L'Apparition,

89. — Intérieur d'atelier.

## KREUTZBERGER.

90. — Chaise, Fauteuil et Canapé, de la collection Double.

> Reproduction à la gouache ayant servi pour la chromolithographie.

## LAMARRE (de)

91. — Grande Toilette.

## LAVAL.

92. — La Balançoire.
93. — Descente de la Courtille.
94. — Tir aux pigeons de Monaco.
95. — Le Cotillon.
96. — Les Miettes.
97. — Une rue de Londres.
> Inédit.
98. — Sur la corde.
> Inédit.

## LECLAIRE (Victor).

99. — Guirlande de fleurs.
100. — Branche de fleurs.
> Ces deux dessins n'ont pas été reproduits.

## MATHEY.

101. — Portrait de femme.

## MARTIN (MAURICE).

102. — Au Pré-Catelan.

## MAURY (ROSE).

103. — Les Courses.
104. — Le Salut aux amis.
105. — La Pêche de Bébé.
106. — Fruits.
  Motif pour cul-de-lampe.
107. — La Lorgnette.
108. — Les Bébés.
  Motif pour cul-de-lampe.
109. — Enfants.
110. — La Sieste.
111. — Le Banc, jeunes filles **au repos**.
112. — En Chasse.
113. — La Direction de Paris.
114. — Le Dessert.
  Motif pour cul-de-lampe.
115. — L'Éventail.
  Motif pour lettre capitale J.
116. — Pêche à la ligne.
117. — Le Papillon.
118. — Dans les blés.
119. — A la Promenade.

120. — A la Barre.

121. — En rivière.

122. — La Gerbe de fleurs.

123. — Amour.
Motif pour cul-de-lampe.

124. — Motif pour cul-de-lampe.

125. — Autre motif pour cul-de-lampe.

126. — Le Carnet de bal.

127. — L'Attente.

128. — Poisson d'avril.

129. — La Glace.

130. — Le Nid.

131. — Le Collier de perles.

132. — Motif pour culs-de-lampe.

133. — A la Fenêtre.

134. — La Robe de bal.

135. — A Bougival, le matin.

136. — A Bougival. le soir.

137. — Toilette de ville.

138. — Sortie de bal.

139. — Deux motifs pour cul-de-lampe.

140. — La Lecture.
Inédit.

141. — Une future Ménagère.
Inédit.

142. — Le Problème.
Inédit.

## MESNIL (Louise).

143. — La Pêche.

144. — L'Opéra.

145. — Composition pour cul-de-lampe.

146. — L'Avent.

147. — La Veillée.

148. — L'Huître.

149. — Le Médaillon.

150. — Au Bois.

151. — Croquis divers.

152. — Le Chien et le Bébé.

153. — Portrait de M$^{lle}$ Massin.

154. — 155. — Le Nid. — Lettre E ornée. — Motif pour cul-de-lampe. — Deux Lettres ornées ; en tout cinq pièces.

156. — Toilette de ville.

157. — Toilette de ville.

158. — La Promenade.

159. — Femme en toilette.

160. — Au Bois.

161. — Le Lever de soleil.

162. — Divers Croquis à la plume. — Fantaisies diverses.

163. — Sortie de bal.

164. — Divers Croquis. — Fantaisies.

165. — Le Poupon.

166. — Le Médaillon.

167. — La Casquette du jockey.

168. — La Partie de volant (lettre T ornée).
Inédit.

169. — Mademoiselle P... à Villerville.
Aquarelle.

170. — Cinq Costumes pour dames.
Aquarelle.

171. — Cinq autres ; aquarelle.
    Aquarelle.

172. — La Visite au Salon.
    Aquarelle.

173. — La Parure pour la soirée.
    Aquarelle.

174. — L'Entrée au salon (costume bleu).
    Aquarelle.

## MESPLÈS.

175. — Aux Courses.

176. — Lettre R ornée.

177. — Éventails.

178. — Souvenir du bal des artistes dramatiques.

179. — Les Ombrelles.

180. — Lettre P ornée. — Lettre L ornée.

181. — Amour.

182. — Feyghine.

183. — Portrait de M$^{lle}$ Granier, rôle de *Madame le Diable*.

184. — Portrait de M$^{me}$ Judic.

185. — Portrait de M$^{me}$ Lody.

186. — Quatre Portraits; actrices du Théâtre-Français.

187. — La Communauté.

188. — Toilette de ville.

189. — Portrait de M$^{lle}$ Réjane.

190. — Au théâtre.

191. — Portrait de la princesse Alexandrewna.

192. — Le Cotillon.

## MOREL (Pierre).

193. — La Réprimande.

194. — Le Pitre.

195. — Un Pompier de service.

196. — « Il a oublié son parapluie! »

197. — Au café.

198. — Ombres chinoises.

199. — Le Garde-Chasse.

## MOREAU.

198. — Après le duel.
    Aquarelle.

## MORIN (Edmond).

199. — La grande loge du Gymnase.

200. — La naissance des perles.
    Divers croquis.

## NITTIS (de)

201-202. — Jeune femme dans l'avenue du bois de Boulogne.
    Aquarelle.

## PAILLÉ.

203. — Monsieur! Madame! et les Bébés.

## PILLE (Henri).

204. — Fakir en prière.

205. — Le Fakir et le Perroquet.

206. — Tambour (de *la Mascotte*).

207. — Souvenir de l'Inde.

208. — Lettre ornée de figures.

209. — Le Sous-Lieutenant ; souvenir de garnison.

210. — La Châtelaine.

211. — Lettre ornée.

212. — Trois Costumes Louis XVI et Directoire.

213. — Les Étrennes de Toto. — Grande lettre A ornée.

214. — Autre lettre P ornée.
Trois croquis.

215. — Costumes et Coiffures du moyen âge.

216. — Frontispice, avec costumes de toutes époques.

217. — Autre Frontispice.


## PIERRON (Blanche).

218. — Mme... à Nice.
Aquarelle.


## ROBERT.

219. — Croquis divers.

220. — Croquis divers.

221. — Cul-de-lampe.

222. — Le Nid.

223. — Une avant-scène.

224. — La Toilette.

225. — Monaco.


## ROCHEGROSSE.

226. — Le Baiser.

227. — Marquise.

228. — Par la pluie.

229. — En soirée.

230. — La Lettre de Toto.

231. — La Perruque.

232. — Le Monsieur qui suit les Dames.

233. — Types divers.

234. — La Sieste. La Loge.
Deux croquis.

235. — L'Intrigue.

236. — Avant le bal

237. — La Toilette de Cléopâtre.

238. — Le Bain de Cléopâtre.

239. — Le Chat.

240. — « Ils n'ont pas de parapluie! »

241. — Un coin de salon.


## ROSE (F. DE)

242. — M^{me}... à Villerville.
Aquarelle.


## SAINT-ELME (GAULTIER)

243. — Nature morte.

244. — Le Banc.

245. — Le Guet-apens.

246. — Portrait de femme.

247. — Le Caniche.

248. — Le Portrait.

249. — Portrait de femme.

250. — Le Singe. — Lettre C ornée.

251. — L'École.

252. — Portrait de M<sup>me</sup> de Peyronny.

253. — La Toilette.

254. — La Quenouille.

255. — Le Caniche.

256. — Aux Champs-Élysées.

257. — Portrait de M<sup>me</sup> d'Osmond.

258. — Portrait du prince de Monaco.

259. — La Terrasse des Anglais à Monaco.

260. — Souvenir de la plage de Trouville.

261. — Souvenir de la plage de Trouville.

262. — La Coupe de cheveux.

263. — Diane chasseresse.

264. — Divers Motifs pour culs-de-lampe.

265. — Les Gants.

266. — Portrait de femme.

267. — Intérieur de serre.

268. — Portrait de femme.

269. — La Mort d'Albine.

270. — Portrait.

271. — La Mort et la Jeune Fille, d'après Sarah Bernhardt.

272. — Nature morte, d'après Blanche Pierson.

273. — Bahut, motif pour cul-de-lampe.

274. — Un Chinois.

## VILIN

275. — Le Phaéton.

276. — La Promenade.

277. — Le Missel.

278. — Deux Costumes.

279. — Sur un Arbre.

## VAUQUELIN (René)

280. — Les Râcleuses de foin.

Salon de 1881.

## INCONNU

281. — Portrait (25).

282. — Femme sauvage.

283. — Les Pêcheurs d'huîtres.

284. — Armoiries diverses.

285. — Portrait de feu M. Double.

286. — Objets non catalogués.

Paris. — Typographie A. Quantin, 7, rue Saint-Benoit. (2097)